The Tolkien Diary 1999

Illustrated by Alan Lee

HarperPrism
A Division of HarperCollins*Publishers*

HarperPrism
A Division of HarperCollins*Publishers*
10 East 53rd St, New York, N.Y. 10022
Hammersmith, London W6 8JB

Published by HarperCollins*Publishers* 1998
The Tolkien Diary 1999

ISBN 0 06 1055905

Set in Helvetica Light, Post Antiqua and Omnia

Printed and bound in Italy by Rotolito Lombarda

First printing.

Visit HarperPrism on the World Wide Web at
http://www.harpercollins.com

J.R.R. Tolkien was born on 3rd January 1892. After serving in the First World War, he embarked upon a distinguished academic career and was recognised as one of the finest philologists in the world. He is, however, best known for his extraordinary works of fiction *The Hobbit*, *The Lord of the Rings* and *The Silmarillion*. He died on 2nd September 1973 at the age of 81.

Alan Lee was born in Middlesex in 1947. He has illustrated a wide range of books including *Faeries* (with Brian Froud), *The Mabinogion*, *Castles*, *Merlin Dreams*, the centenary edition of *The Lord of the Rings* and, most recently, *The Hobbit*. He also worked on the film *Erik the Viking*. Tolkien's work has inspired him ever since reading *The Lord of the Rings* at an early age. He now lives and works on the edge of Dartmoor, in Devon.

The Hobbit

"Bilbo Baggins was a hobbit who never went for adventures until Gandalf the wizard and his dwarves persuaded him to go. He had a very exciting time fighting goblins and wargs – and returned home – rich!"

When ten-year-old Rayner Unwin produced this report for his father, publisher Stanley Unwin, he had no idea that the manuscript he had thus recommended would go on to be a remarkable success. Neither did its author, J.R.R. Tolkien, Professor of Anglo-Saxon at Oxford, when, inexplicably, he jotted the famous opening sentence – "In a hole in the ground there lived a hobbit" – on a blank sheet while examining papers! Yet, within a year of its publication, *The Hobbit* had won the *New York Herald Tribune* prize for children's literature and was set to become a classic.

First published on 21st September 1937, *The Hobbit* met with instant success and is now recognized as an international bestseller: it has been translated into 25 languages and has sold over 35 million copies worldwide. The pictures contained in this year's diary are taken from the commemorative edition of "one of the most influential books of our generation" (*The Times*). Published in 1997 to commemorate the 60th anniversary of the publication of *The Hobbit*, it contains 25 specially commissioned paintings and a wealth of line illustrations by Alan Lee.

1998

JANUARY

S	M	T	W	T	F	S
				1	2	3
4	5	6	7	8	9	10
11	12	13	14	15	16	17
18	19	20	21	22	23	24
25	26	27	28	29	30	31

FEBRUARY

S	M	T	W	T	F	S
1	2	3	4	5	6	7
8	9	10	11	12	13	14
15	16	17	18	19	20	21
22	23	24	25	26	27	28

MARCH

S	M	T	W	T	F	S
1	2	3	4	5	6	7
8	9	10	11	12	13	14
15	16	17	18	19	20	21
22	23	24	25	26	27	28
29	30	31				

APRIL

S	M	T	W	T	F	S
			1	2	3	4
5	6	7	8	9	10	11
12	13	14	15	16	17	18
19	20	21	22	23	24	25
26	27	28	29	30		

MAY

S	M	T	W	T	F	S
					1	2
3	4	5	6	7	8	9
10	11	12	13	14	15	16
17	18	19	20	21	22	23
24	25	26	27	28	29	30
31						

JUNE

S	M	T	W	T	F	S
	1	2	3	4	5	6
7	8	9	10	11	12	13
14	15	16	17	18	19	20
21	22	23	24	25	26	27
28	29	30				

JULY

S	M	T	W	T	F	S
			1	2	3	4
5	6	7	8	9	10	11
12	13	14	15	16	17	18
19	20	21	22	23	24	25
26	27	28	29	30	31	

AUGUST

S	M	T	W	T	F	S
						1
2	3	4	5	6	7	8
9	10	11	12	13	14	15
16	17	18	19	20	21	22
23	24	25	26	27	28	29
30	31					

SEPTEMBER

S	M	T	W	T	F	S
		1	2	3	4	5
6	7	8	9	10	11	12
13	14	15	16	17	18	19
20	21	22	23	24	25	26
27	28	29	30			

OCTOBER

S	M	T	W	T	F	S
				1	2	3
4	5	6	7	8	9	10
11	12	13	14	15	16	17
18	19	20	21	22	23	24
25	26	27	28	29	30	31

NOVEMBER

S	M	T	W	T	F	S
1	2	3	4	5	6	7
8	9	10	11	12	13	14
15	16	17	18	19	20	21
22	23	24	25	26	27	28
29	30					

DECEMBER

S	M	T	W	T	F	S
		1	2	3	4	5
6	7	8	9	10	11	12
13	14	15	16	17	18	19
20	21	22	23	24	25	26
27	28	29	30	31		

2000

JANUARY

S	M	T	W	T	F	S
						1
2	3	4	5	6	7	8
9	10	11	12	13	14	15
16	17	18	19	20	21	22
23	24	25	26	27	28	29
30	31					

FEBRUARY

S	M	T	W	T	F	S
		1	2	3	4	5
6	7	8	9	10	11	12
13	14	15	16	17	18	19
20	21	22	23	24	25	26
27	28	29				

MARCH

S	M	T	W	T	F	S
			1	2	3	4
5	6	7	8	9	10	11
12	13	14	15	16	17	18
19	20	21	22	23	24	25
26	27	28	29	30	31	

APRIL

S	M	T	W	T	F	S
						1
2	3	4	5	6	7	8
9	10	11	12	13	14	15
16	17	18	19	20	21	22
23	24	25	26	27	28	29
30						

MAY

S	M	T	W	T	F	S
	1	2	3	4	5	6
7	8	9	10	11	12	13
14	15	16	17	18	19	20
21	22	23	24	25	26	27
28	29	30	31			

JUNE

S	M	T	W	T	F	S
				1	2	3
4	5	6	7	8	9	10
11	12	13	14	15	16	17
18	19	20	21	22	23	24
25	26	27	28	29	30	

JULY

S	M	T	W	T	F	S
						1
2	3	4	5	6	7	8
9	10	11	12	13	14	15
16	17	18	19	20	21	22
23	24	25	26	27	28	29
30	31					

AUGUST

S	M	T	W	T	F	S
		1	2	3	4	5
6	7	8	9	10	11	12
13	14	15	16	17	18	19
20	21	22	23	24	25	26
27	28	29	30	31		

SEPTEMBER

S	M	T	W	T	F	S
					1	2
3	4	5	6	7	8	9
10	11	12	13	14	15	16
17	18	19	20	21	22	23
24	25	26	27	28	29	30

OCTOBER

S	M	T	W	T	F	S
1	2	3	4	5	6	7
8	9	10	11	12	13	14
15	16	17	18	19	20	21
22	23	24	25	26	27	28
29	30	31				

NOVEMBER

S	M	T	W	T	F	S
			1	2	3	4
5	6	7	8	9	10	11
12	13	14	15	16	17	18
19	20	21	22	23	24	25
26	27	28	29	30		

DECEMBER

S	M	T	W	T	F	S
					1	2
3	4	5	6	7	8	9
10	11	12	13	14	15	16
17	18	19	20	21	22	23
24	25	26	27	28	29	30
31						

1999

January

S	M	T	W	T	F	S
					1	2
3	4	5	6	7	8	9
10	11	12	13	14	15	16
17	18	19	20	21	22	23
24	25	26	27	28	29	30
31						

February

S	M	T	W	T	F	S
	1	2	3	4	5	6
7	8	9	10	11	12	13
14	15	16	17	18	19	20
21	22	23	24	25	26	27
28						

March

S	M	T	W	T	F	S
	1	2	3	4	5	6
7	8	9	10	11	12	13
14	15	16	17	18	19	20
21	22	23	24	25	26	27
28	29	30	31			

April

S	M	T	W	T	F	S
				1	2	3
4	5	6	7	8	9	10
11	12	13	14	15	16	17
18	19	20	21	22	23	24
25	26	27	28	29	30	

May

S	M	T	W	T	F	S
						1
2	3	4	5	6	7	8
9	10	11	12	13	14	15
16	17	18	19	20	21	22
23	24	25	26	27	28	29
30	31					

June

S	M	T	W	T	F	S
		1	2	3	4	5
6	7	8	9	10	11	12
13	14	15	16	17	18	19
20	21	22	23	24	25	26
27	28	29	30			

July

S	M	T	W	T	F	S
				1	2	3
4	5	6	7	8	9	10
11	12	13	14	15	16	17
18	19	20	21	22	23	24
25	26	27	28	29	30	31

August

S	M	T	W	T	F	S
1	2	3	4	5	6	7
8	9	10	11	12	13	14
15	16	17	18	19	20	21
22	23	24	25	26	27	28
29	30	31				

September

S	M	T	W	T	F	S
			1	2	3	4
5	6	7	8	9	10	11
12	13	14	15	16	17	18
19	20	21	22	23	24	25
26	27	28	29	30		

October

S	M	T	W	T	F	S
					1	2
3	4	5	6	7	8	9
10	11	12	13	14	15	16
17	18	19	20	21	22	23
24	25	26	27	28	29	30
31						

November

S	M	T	W	T	F	S
	1	2	3	4	5	6
7	8	9	10	11	12	13
14	15	16	17	18	19	20
21	22	23	24	25	26	27
28	29	30				

December

S	M	T	W	T	F	S
			1	2	3	4
5	6	7	8	9	10	11
12	13	14	15	16	17	18
19	20	21	22	23	24	25
26	27	28	29	30	31	

JANUARY

"IT WAS a sharp struggle, but worth it," said one. "What nasty thick skins they have to be sure, but I'll wager there is good juice inside."

"Aye, they'll make fine eating, when they've hung a bit," said another.

"Don't hang 'em too long," said a third. "They're not as fat as they might be. Been feeding none too well of late, I should guess."

DECEMBER

Sunday 27	Monday 28	Tuesday 29

DECEMBER 1998

S	M	T	W	T	F	S
		1	2	3	4	5
6	7	8	9	10	11	12
13	14	15	16	17	18	19
20	21	22	23	24	25	26
27	28	29	30	31		

Wednesday 30

Thursday 31

Friday 1

New Year's Day

Saturday 2

JANUARY 1999

S	M	T	W	T	F	S
					1	2
3	4	5	6	7	8	9
10	11	12	13	14	15	16
17	18	19	20	21	22	23
24	25	26	27	28	29	30
31						

JANUARY

Sunday 3

On 3rd January 1892 John Ronald Reuel Tolkien was born in Bloemfontein

Monday 4

Tuesday 5

Wednesday 6

Epiphany

JANUARY 1999

S	M	T	W	T	F	S
					1	2
3	4	5	6	7	8	9
10	11	12	13	14	15	16
17	18	19	20	21	22	23
24	25	26	27	28	29	30
31						

JANUARY

Thursday 7	Friday 8	Saturday 9

JANUARY 1999

S	M	T	W	T	F	S
					1	2
3	4	5	6	7	8	9
10	11	12	13	14	15	16
17	18	19	20	21	22	23
24	25	26	27	28	29	30
31						

JANUARY

Sunday 10

Monday 11

Tuesday 12

JANUARY 1999

S	M	T	W	T	F	S
					1	2
3	4	5	6	7	8	9
10	11	12	13	14	15	16
17	18	19	20	21	22	23
24	25	26	27	28	29	30
31						

Wednesday 13

Thursday 14

Friday 15

Saturday 16

JANUARY 1999

S	M	T	W	T	F	S
					1	2
3	4	5	6	7	8	9
10	11	12	13	14	15	16
17	18	19	20	21	22	23
24	25	26	27	28	29	30
31						

JANUARY

Sunday 17

Monday 18

Martin Luther King, Jr., Day (US)

Off

Tuesday 19

~~Apple-day~~

~~Off~~

Tami worked for me.

Wednesday 20

Apple-day

JANUARY 1999

S	M	T	W	T	F	S
					1	2
3	4	5	6	7	8	9
10	11	12	13	14	15	16
17	18	19	20	21	22	23
24	25	26	27	28	29	30
31						

Thursday 21

Edith Bratt, later to be Ronald's wife, was born in Gloucester on 21st January 1889

Apple- Night

Friday 22

5-?

Saturday 23

8-CL

JANUARY 1999

S	M	T	W	T	F	S
					1	2
3	4	5	6	7	8	9
10	11	12	13	14	15	16
17	18	19	20	21	22	23
24	25	26	27	28	29	30
31						

JANUARY

Sunday 24

6cl

Monday 25

5-cL

Tuesday 26

Australia Day (Aus)

JANUARY 1999

S	M	T	W	T	F	S
					1	2
3	4	5	6	7	8	9
10	11	12	13	14	15	16
17	18	19	20	21	22	23
24	25	26	27	28	29	30
31						

JANUARY

Wednesday 27	Thursday 28	Friday 29	Saturday 30
	5-d		5-?

JANUARY 1999

S	M	T	W	T	F	S
					1	2
3	4	5	6	7	8	9
10	11	12	13	14	15	16
17	18	19	20	21	22	23
24	25	26	27	28	29	30
31						

FEBRUARY

FULL ON THE TOWN he fell. His last throes splintered it to sparks and gledes. The lake roared in. A vast steam leaped up, white in the sudden dark under the moon. There was a hiss, a gushing whirl, and then silence. And that was the end of Smaug and Esgaroth, but not of Bard.

JANUARY

Sunday 31	Monday 1	Tuesday 2	Wednesday 3
Off			

JANUARY 1999

S	M	T	W	T	F	S
					1	2
3	4	5	6	7	8	9
10	11	12	13	14	15	16
17	18	19	20	21	22	23
24	25	26	27	28	29	30
31						

Thursday 4

Friday 5

Saturday 6

Waitangi Day (NZ)

FEBRUARY 1999

S	M	T	W	T	F	S
	1	2	3	4	5	6
7	8	9	10	11	12	13
14	15	16	17	18	19	20
21	22	23	24	25	26	27
28						

FEBRUARY

Sunday 7	Monday 8	Tuesday 9

FEBRUARY 1999

S	M	T	W	T	F	S
	1	2	3	4	5	6
7	8	9	10	11	12	13
14	15	16	17	18	19	20
21	22	23	24	25	26	27
28						

Wednesday 10	Thursday 11	Friday 12	Saturday 13

FEBRUARY 1999

S	M	T	W	T	F	S
	1	2	3	4	5	6
7	8	9	10	11	12	13
14	15	16	17	18	19	20
21	22	23	24	25	26	27
28						

FEBRUARY

Sunday 14
Valentine's Day

Monday 15
Presidents' Day (US)

Tuesday 16
Chinese New Year

Wednesday 17
Ash Wednesday

FEBRUARY 1999

S	M	T	W	T	F	S
	1	2	3	4	5	6
7	8	9	10	11	12	13
14	15	16	17	18	19	20
21	22	23	24	25	26	27
28						

Thursday 18

Friday 19

Saturday 20

FEBRUARY 1999

S	M	T	W	T	F	S
	1	2	3	4	5	6
7	8	9	10	11	12	13
14	15	16	17	18	19	20
21	22	23	24	25	26	27
28						

FEBRUARY

Sunday 21

Monday 22

Tuesday 23

FEBRUARY 1999

S	M	T	W	T	F	S
	1	2	3	4	5	6
7	8	9	10	11	12	13
14	15	16	17	18	19	20
21	22	23	24	25	26	27
28						

FEBRUARY

Wednesday 24	Thursday 25	Friday 26	Saturday 27

FEBRUARY 1999

S	M	T	W	T	F	S
	1	2	3	4	5	6
7	8	9	10	11	12	13
14	15	16	17	18	19	20
21	22	23	24	25	26	27
28						

FEBRUARY

Sunday 28

It was during the month of February 1950 that J.R.R. Tolkien finally completed his masterwork, *The Lord of the Rings*

Monday 1

St David's Day

Tuesday 2

Wednesday 3

FEBRUARY 1999

S	M	T	W	T	F	S
	1	2	3	4	5	6
7	8	9	10	11	12	13
14	15	16	17	18	19	20
21	22	23	24	25	26	27
28						

Thursday 4

Friday 5

Saturday 6

March 1999

S	M	T	W	T	F	S
	1	2	3	4	5	6
7	8	9	10	11	12	13
14	15	16	17	18	19	20
21	22	23	24	25	26	27
28	29	30	31			

MARCH

NOT FAR FROM the road they found the gold of the trolls, which they had buried, still hidden and untouched. "I have enough to last me my time," said Bilbo, when they had dug it up. "You had better take this, Gandalf. I daresay you can find a use for it."

MARCH

Sunday 7	Monday 8	Tuesday 9

MARCH 1999

S	M	T	W	T	F	S
	1	2	3	4	5	6
7	8	9	10	11	12	13
14	15	16	17	18	19	20
21	22	23	24	25	26	27
28	29	30	31			

Wednesday 10

Thursday 11

Friday 12

Saturday 13

MARCH 1999

S	M	T	W	T	F	S
	1	2	3	4	5	6
7	8	9	10	11	12	13
14	15	16	17	18	19	20
21	22	23	24	25	26	27
28	29	30	31			

March

Sunday 14	Monday 15	Tuesday 16	Wednesday 17
			St Patrick's Day Holiday (US, N. Ireland & Rep. of Ireland)

March 1999

S	M	T	W	T	F	S
	1	2	3	4	5	6
7	8	9	10	11	12	13
14	15	16	17	18	19	20
21	22	23	24	25	26	27
28	29	30	31			

Thursday 18

Friday 19

Saturday 20

March 1999

S	M	T	W	T	F	S
	1	2	3	4	5	6
7	8	9	10	11	12	13
14	15	16	17	18	19	20
21	22	23	24	25	26	27
28	29	30	31			

March

Sunday 21

Monday 22

On 22nd March 1916 Ronald Tolkien and Edith Bratt were married at the Church of St Mary Immaculate in Warwick

Tuesday 23

March 1999

S	M	T	W	T	F	S
	1	2	3	4	5	6
7	8	9	10	11	12	13
14	15	16	17	18	19	20
21	22	23	24	25	26	27
28	29	30	31			

Wednesday 24

Thursday 25

Friday 26

Saturday 27

March 1999

S	M	T	W	T	F	S
	1	2	3	4	5	6
7	8	9	10	11	12	13
14	15	16	17	18	19	20
21	22	23	24	25	26	27
28	29	30	31			

MARCH

Sunday 28

Palm Sunday

Monday 29

Tuesday 30

Wednesday 31

MARCH 1999

S	M	T	W	T	F	S
	1	2	3	4	5	6
7	8	9	10	11	12	13
14	15	16	17	18	19	20
21	22	23	24	25	26	27
28	29	30	31			

Thursday 1
First Day of Passover

Friday 2
Good Friday

Saturday 3

APRIL 1999

S	M	T	W	T	F	S
				1	2	3
4	5	6	7	8	9	10
11	12	13	14	15	16	17
18	19	20	21	22	23	24
25	26	27	28	29	30	

April

THERE WAS a flat space on the top of the hill of stone and a well worn path with many steps leading down it to the river, across which a ford of huge flat stones led to the grass-land beyond the stream. There was a little cave (a wholesome one with a pebbly floor) at the foot of the steps and near the end of the stony ford.

April

Sunday 4
Easter Sunday

Monday 5
Easter Monday

Tuesday 6

April 1999

S	M	T	W	T	F	S
				1	2	3
4	5	6	7	8	9	10
11	12	13	14	15	16	17
18	19	20	21	22	23	24
25	26	27	28	29	30	

Wednesday 7

Thursday 8

Last Day of Passover

Friday 9

Saturday 10

APRIL 1999

S	M	T	W	T	F	S
				1	2	3
4	5	6	7	8	9	10
11	12	13	14	15	16	17
18	19	20	21	22	23	24
25	26	27	28	29	30	

APRIL

Sunday 11	Monday 12	Tuesday 13	Wednesday 14

APRIL 1999

S	M	T	W	T	F	S
				1	2	3
4	5	6	7	8	9	10
11	12	13	14	15	16	17
18	19	20	21	22	23	24
25	26	27	28	29	30	

Thursday 15

Friday 16

Saturday 17

april 1999

S	M	T	W	T	F	S
				1	2	3
4	5	6	7	8	9	10
11	12	13	14	15	16	17
18	19	20	21	22	23	24
25	26	27	28	29	30	

April

Sunday 18	Monday 19	Tuesday 20
Islamic New Year		

April 1999

S	M	T	W	T	F	S
				1	2	3
4	5	6	7	8	9	10
11	12	13	14	15	16	17
18	19	20	21	22	23	24
25	26	27	28	29	30	

Wednesday 21	Thursday 22	Friday 23 St George's Day	Saturday 24

april 1999

S	M	T	W	T	F	S
				1	2	3
4	5	6	7	8	9	10
11	12	13	14	15	16	17
18	19	20	21	22	23	24
25	26	27	28	29	30	

April

Sunday 25	Monday 26	Tuesday 27	Wednesday 28
Anzac Day (Aus/NZ)			

April 1999

S	M	T	W	T	F	S
				1	2	3
4	5	6	7	8	9	10
11	12	13	14	15	16	17
18	19	20	21	22	23	24
25	26	27	28	29	30	

Thursday 29

Friday 30

In the month of April 1895 Mabel Tolkien set sail from Cape Town with her two young sons, Ronald and Hilary, bound for Southampton. They would never see South Africa again, nor their father, who was to die suddenly of rheumatic fever the next year.

Saturday 1

May 1999

S	M	T	W	T	F	S
						1
2	3	4	5	6	7	8
9	10	11	12	13	14	15
16	17	18	19	20	21	22
23	24	25	26	27	28	29
30	31					

MAY

OUT THEY WENT under the overhanging branches of the trees on either bank. Bilbo wondered what the dwarves were feeling and whether a lot of water was getting into their tubs. Some of those that bobbed along by him in the gloom seemed pretty low in the water, and he guessed that these had dwarves inside.

MAY

Sunday 2

Monday 3

May Day Holiday (UK & Rep. of Ireland)

Tuesday 4

MAY 1999

S	M	T	W	T	F	S
						1
2	3	4	5	6	7	8
9	10	11	12	13	14	15
16	17	18	19	20	21	22
23	24	25	26	27	28	29
30	31					

Wednesday 5	Thursday 6	Friday 7	Saturday 8

MAY 1999

S	M	T	W	T	F	S
						1
2	3	4	5	6	7	8
9	10	11	12	13	14	15
16	17	18	19	20	21	22
23	24	25	26	27	28	29
30	31					

MAY

Sunday 9	Monday 10	Tuesday 11	Wednesday 12
Mother's Day (US)			

MAY 1999

S	M	T	W	T	F	S
						1
2	3	4	5	6	7	8
9	10	11	12	13	14	15
16	17	18	19	20	21	22
23	24	25	26	27	28	29
30	31					

Thursday 13

Friday 14

Saturday 15

MAY 1999

S	M	T	W	T	F	S
						1
2	3	4	5	6	7	8
9	10	11	12	13	14	15
16	17	18	19	20	21	22
23	24	25	26	27	28	29
30	31					

MAY

Sunday 16	Monday 17	Tuesday 18

MAY 1999

S	M	T	W	T	F	S
						1
2	3	4	5	6	7	8
9	10	11	12	13	14	15
16	17	18	19	20	21	22
23	24	25	26	27	28	29
30	31					

Wednesday 19

Victoria Day (Canada)

Thursday 20

Friday 21

Saturday 22

MAY 1999

S	M	T	W	T	F	S
						1
2	3	4	5	6	7	8
9	10	11	12	13	14	15
16	17	18	19	20	21	22
23	24	25	26	27	28	29
30	31					

MAY

Sunday 23	Monday 24	Tuesday 25	Wednesday 26

MAY 1999

S	M	T	W	T	F	S
						1
2	3	4	5	6	7	8
9	10	11	12	13	14	15
16	17	18	19	20	21	22
23	24	25	26	27	28	29
30	31					

Thursday 27

Friday 28

Saturday 29

MAY 1999

S	M	T	W	T	F	S
						1
2	3	4	5	6	7	8
9	10	11	12	13	14	15
16	17	18	19	20	21	22
23	24	25	26	27	28	29
30	31					

May

Sunday 30	Monday 31	Tuesday 1
	Memorial Day (US) Spring Bank Holiday (UK)	

May 1999

S	M	T	W	T	F	S
						1
2	3	4	5	6	7	8
9	10	11	12	13	14	15
16	17	18	19	20	21	22
23	24	25	26	27	28	29
30	31					

Wednesday 2

Thursday 3

Friday 4

On 4th June 1916, shortly after his marriage to Edith, J.R.R. Tolkien embarked for France with the Lancashire Fusiliers, bound for the Somme

Saturday 5

JUNE 1999

S	M	T	W	T	F	S
		1	2	3	4	5
6	7	8	9	10	11	12
13	14	15	16	17	18	19
20	21	22	23	24	25	26
27	28	29	30			

JUNE

OF COURSE "somebody" meant Bilbo. They chose him, because to be of any use the climber must get his head above the topmost leaves, and so he must be light enough for the highest and slenderest branches to bear him. Poor Mr Baggins had never had much practice in climbing trees, but they hoisted him up into the lowest branches of an enormous oak that grew right out into the path, and up he had to go as best he could.

JUNE

Sunday 6

Monday 7

June Holiday (Rep. of Ireland)
Queen's Birthday (NZ)

Tuesday 8

Wednesday 9

JUNE 1999

S	M	T	W	T	F	S
		1	2	3	4	5
6	7	8	9	10	11	12
13	14	15	16	17	18	19
20	21	22	23	24	25	26
27	28	29	30			

Thursday 10

Friday 11

Saturday 12

JUNE 1999

S	M	T	W	T	F	S
		1	2	3	4	5
6	7	8	9	10	11	12
13	14	15	16	17	18	19
20	21	22	23	24	25	26
27	28	29	30			

JUNE

Sunday 13

Monday 14

Queen's Birthday (Aus)

Tuesday 15

JUNE 1999

S	M	T	W	T	F	S
		1	2	3	4	5
6	7	8	9	10	11	12
13	14	15	16	17	18	19
20	21	22	23	24	25	26
27	28	29	30			

Wednesday 16

Thursday 17

Friday 18

Saturday 19

JUNE 1999

S	M	T	W	T	F	S
		1	2	3	4	5
6	7	8	9	10	11	12
13	14	15	16	17	18	19
20	21	22	23	24	25	26
27	28	29	30			

JUNE

Sunday 20
Father's Day (US)

Monday 21

Tuesday 22

Wednesday 23

JUNE 1999

S	M	T	W	T	F	S
		1	2	3	4	5
6	7	8	9	10	11	12
13	14	15	16	17	18	19
20	21	22	23	24	25	26
27	28	29	30			

Thursday 24

Friday 25

Saturday 26

JUNE 1999

S	M	T	W	T	F	S
		1	2	3	4	5
6	7	8	9	10	11	12
13	14	15	16	17	18	19
20	21	22	23	24	25	26
27	28	29	30			

JUNE

Sunday 27	Monday 28	Tuesday 29

JUNE 1999

S	M	T	W	T	F	S
		1	2	3	4	5
6	7	8	9	10	11	12
13	14	15	16	17	18	19
20	21	22	23	24	25	26
27	28	29	30			

JULY

Wednesday 30

Thursday 1
Canada Day (Canada)

Friday 2

Saturday 3

JULY 1999

S	M	T	W	T	F	S
				1	2	3
4	5	6	7	8	9	10
11	12	13	14	15	16	17
18	19	20	21	22	23	24
25	26	27	28	29	30	31

JULY

NOW GANDALF too said farewell. Bilbo sat on the ground feeling very unhappy and wishing he was beside the wizard on his tall horse. He had gone just inside the forest after breakfast (a very poor one), and it had seemed as dark in there in the morning as at night, and very secret: "a sort of watching and waiting feeling," he said to himself.

JULY

Sunday 4	Monday 5	Tuesday 6	Wednesday 7
Independence Day (US) Observed Monday 5th			

JULY 1999

S	M	T	W	T	F	S
				1	2	3
4	5	6	7	8	9	10
11	12	13	14	15	16	17
18	19	20	21	22	23	24
25	26	27	28	29	30	31

Thursday 8

Friday 9

Saturday 10

JULY 1999

S	M	T	W	T	F	S
				1	2	3
4	5	6	7	8	9	10
11	12	13	14	15	16	17
18	19	20	21	22	23	24
25	26	27	28	29	30	31

JULY

Sunday 11	Monday 12	Tuesday 13
	Battle of the Boyne Holiday (N. Ireland)	

JULY 1999

S	M	T	W	T	F	S
				1	2	3
4	5	6	7	8	9	10
11	12	13	14	15	16	17
18	19	20	21	22	23	24
25	26	27	28	29	30	31

Wednesday 14

Thursday 15

Friday 16

Saturday 17

JULY 1999

S	M	T	W	T	F	S
				1	2	3
4	5	6	7	8	9	10
11	12	13	14	15	16	17
18	19	20	21	22	23	24
25	26	27	28	29	30	31

JULY

Sunday 18	Monday 19	Tuesday 20	Wednesday 21

JULY 1999

S	M	T	W	T	F	S
				1	2	3
4	5	6	7	8	9	10
11	12	13	14	15	16	17
18	19	20	21	22	23	24
25	26	27	28	29	30	31

Thursday 22

Friday 23

Saturday 24

JULY 1999

S	M	T	W	T	F	S
				1	2	3
4	5	6	7	8	9	10
11	12	13	14	15	16	17
18	19	20	21	22	23	24
25	26	27	28	29	30	31

JULY

Sunday 25

Monday 26

Tuesday 27

JULY 1999

S	M	T	W	T	F	S
				1	2	3
4	5	6	7	8	9	10
11	12	13	14	15	16	17
18	19	20	21	22	23	24
25	26	27	28	29	30	31

Wednesday 28

Thursday 29

The Fellowship of the Ring was first published on 29th July 1954

Friday 30

Saturday 31

JULY 1999

S	M	T	W	T	F	S
				1	2	3
4	5	6	7	8	9	10
11	12	13	14	15	16	17
18	19	20	21	22	23	24
25	26	27	28	29	30	31

AUGUST

THEY SAW HIM sooner than he saw them. Yes, they saw him. Whether it was an accident, or a last trick of the ring before it took a new master, it was not on his finger. With yells of delight the goblins rushed upon him.

AUGUST

Sunday 1	Monday 2	Tuesday 3	Wednesday 4
	August Holiday (Rep. of Ireland/Canada)		

AUGUST 1999

S	M	T	W	T	F	S
1	2	3	4	5	6	7
8	9	10	11	12	13	14
15	16	17	18	19	20	21
22	23	24	25	26	27	28
29	30	31				

Thursday 5

Friday 6

Saturday 7

AUGUST 1999

S	M	T	W	T	F	S
1	2	3	4	5	6	7
8	9	10	11	12	13	14
15	16	17	18	19	20	21
22	23	24	25	26	27	28
29	30	31				

AUGUST

Sunday 8

Monday 9

Tuesday 10

AUGUST 1999

S	M	T	W	T	F	S
1	2	3	4	5	6	7
8	9	10	11	12	13	14
15	16	17	18	19	20	21
22	23	24	25	26	27	28
29	30	31				

AUGUST

Wednesday 11	Thursday 12	Friday 13	Saturday 14

AUGUST 1999

S	M	T	W	T	F	S
1	2	3	4	5	6	7
8	9	10	11	12	13	14
15	16	17	18	19	20	21
22	23	24	25	26	27	28
29	30	31				

AUGUST

Sunday 15	Monday 16	Tuesday 17	Wednesday 18

AUGUST 1999

S	M	T	W	T	F	S
1	2	3	4	5	6	7
8	9	10	11	12	13	14
15	16	17	18	19	20	21
22	23	24	25	26	27	28
29	30	31				

Thursday 19

Friday 20

Saturday 21

AUGUST 1999

S	M	T	W	T	F	S
1	2	3	4	5	6	7
8	9	10	11	12	13	14
15	16	17	18	19	20	21
22	23	24	25	26	27	28
29	30	31				

AUGUST

Sunday 22

Monday 23

Tuesday 24

AUGUST 1999

S	M	T	W	T	F	S
1	2	3	4	5	6	7
8	9	10	11	12	13	14
15	16	17	18	19	20	21
22	23	24	25	26	27	28
29	30	31				

AUGUST

Wednesday 25	Thursday 26	Friday 27	Saturday 28

AUGUST 1999

S	M	T	W	T	F	S
1	2	3	4	5	6	7
8	9	10	11	12	13	14
15	16	17	18	19	20	21
22	23	24	25	26	27	28
29	30	31				

AUGUST

Sunday 29

Monday 30

Summer Bank Holiday (UK)

Tuesday 31

Wednesday 1

AUGUST 1999

S	M	T	W	T	F	S
1	2	3	4	5	6	7
8	9	10	11	12	13	14
15	16	17	18	19	20	21
22	23	24	25	26	27	28
29	30	31				

Thursday 2

On 2nd September 1973
J.R.R. Tolkien died

Friday 3

Saturday 4

SEPTEMBER 1999

S	M	T	W	T	F	S
			1	2	3	4
5	6	7	8	9	10	11
12	13	14	15	16	17	18
19	20	21	22	23	24	25
26	27	28	29	30		

SEPTEMBER

ON THE TABLE in the light of a big lamp with a red shade he spread a piece of parchment rather like a map.

"This was made by Thror, your grandfather, Thorin," he said in answer to the dwarves' excited questions. "It is a plan of the Mountain."

September

Sunday 5

Monday 6

Labor Day (US & Canada)

Tuesday 7

September 1999

S	M	T	W	T	F	S
			1	2	3	4
5	6	7	8	9	10	11
12	13	14	15	16	17	18
19	20	21	22	23	24	25
26	27	28	29	30		

Wednesday 8

Thursday 9

Friday 10

Saturday 11

Rosh Hashanah

SEPTEMBER 1999

S	M	T	W	T	F	S
			1	2	3	4
5	6	7	8	9	10	11
12	13	14	15	16	17	18
19	20	21	22	23	24	25
26	27	28	29	30		

SEPTEMBER

Sunday 12	Monday 13	Tuesday 14	Wednesday 15

SEPTEMBER 1999

S	M	T	W	T	F	S
			1	2	3	4
5	6	7	8	9	10	11
12	13	14	15	16	17	18
19	20	21	22	23	24	25
26	27	28	29	30		

Thursday 16

Friday 17

Saturday 18

SEPTEMBER 1999

S	M	T	W	T	F	S
			1	2	3	4
5	6	7	8	9	10	11
12	13	14	15	16	17	18
19	20	21	22	23	24	25
26	27	28	29	30		

Sunday 19

Monday 20

Yom Kippur

Tuesday 21

The Hobbit was first published on 21st September 1937

SEPTEMBER 1999

S	M	T	W	T	F	S
			1	2	3	4
5	6	7	8	9	10	11
12	13	14	15	16	17	18
19	20	21	22	23	24	25
26	27	28	29	30		

September

Wednesday 22	Thursday 23	Friday 24	Saturday 25
Bilbo Baggins' Birthday			

September 1999

S	M	T	W	T	F	S
			1	2	3	4
5	6	7	8	9	10	11
12	13	14	15	16	17	18
19	20	21	22	23	24	25
26	27	28	29	30		

September

Sunday 26	Monday 27	Tuesday 28	Wednesday 29

September 1999

S	M	T	W	T	F	S
			1	2	3	4
5	6	7	8	9	10	11
12	13	14	15	16	17	18
19	20	21	22	23	24	25
26	27	28	29	30		

Thursday 30

St Andrew's Day

Friday 1

Saturday 2

OCTOBER 1999

S	M	T	W	T	F	S
					1	2
3	4	5	6	7	8	9
10	11	12	13	14	15	16
17	18	19	20	21	22	23
24	25	26	27	28	29	30
31						

OCTOBER

OUT UP THERE a silence reigned, broken by no bird or sound except that of the wind in the crannies of stone. They spoke low and never called or sang, for danger brooded in every rock.

OCTOBER

Sunday 3	Monday 4	Tuesday 5	Wednesday 6

OCTOBER 1999

S	M	T	W	T	F	S
					1	2
3	4	5	6	7	8	9
10	11	12	13	14	15	16
17	18	19	20	21	22	23
24	25	26	27	28	29	30
31						

OCTOBER

Thursday 7

Friday 8

Saturday 9

OCTOBER 1999

S	M	T	W	T	F	S
					1	2
3	4	5	6	7	8	9
10	11	12	13	14	15	16
17	18	19	20	21	22	23
24	25	26	27	28	29	30
31						

OCTOBER

Sunday 10

Monday 11

Columbus Day (US)
Thanksgiving Day (Canada)

Tuesday 12

OCTOBER 1999

S	M	T	W	T	F	S
					1	2
3	4	5	6	7	8	9
10	11	12	13	14	15	16
17	18	19	20	21	22	23
24	25	26	27	28	29	30
31						

OCTOBER

Wednesday 13	Thursday 14	Friday 15	Saturday 16

OCTOBER 1999

S	M	T	W	T	F	S
					1	2
3	4	5	6	7	8	9
10	11	12	13	14	15	16
17	18	19	20	21	22	23
24	25	26	27	28	29	30
31						

OCTOBER

Sunday 17

Monday 18

Tuesday 19

Wednesday 20

The Return of the King was first published on 20th October 1955, completing *The Lord of the Rings* trilogy

OCTOBER 1999

S	M	T	W	T	F	S
					1	2
3	4	5	6	7	8	9
10	11	12	13	14	15	16
17	18	19	20	21	22	23
24	25	26	27	28	29	30
31						

OCTOBER

Thursday 21

Friday 22

Saturday 23

OCTOBER 1999

S	M	T	W	T	F	S
					1	2
3	4	5	6	7	8	9
10	11	12	13	14	15	16
17	18	19	20	21	22	23
24	25	26	27	28	29	30
31						

OCTOBER

Sunday 24

Monday 25

October Holiday (Rep. of Ireland)
Labour Day (NZ)

Tuesday 26

OCTOBER 1999

S	M	T	W	T	F	S
					1	2
3	4	5	6	7	8	9
10	11	12	13	14	15	16
17	18	19	20	21	22	23
24	25	26	27	28	29	30
31						

OCTOBER

Wednesday 27

Thursday 28

Friday 29

Saturday 30

OCTOBER 1999

S	M	T	W	T	F	S
					1	2
3	4	5	6	7	8	9
10	11	12	13	14	15	16
17	18	19	20	21	22	23
24	25	26	27	28	29	30
31						

OCTOBER

Sunday 31
Halloween

Monday 1
All Saints' Day

Tuesday 2
Election Day (US)

Wednesday 3

OCTOBER 1999

S	M	T	W	T	F	S
					1	2
3	4	5	6	7	8	9
10	11	12	13	14	15	16
17	18	19	20	21	22	23
24	25	26	27	28	29	30
31						

NOVEMBER

Thursday 4

Friday 5

Saturday 6

NOVEMBER 1999

S	M	T	W	T	F	S
	1	2	3	4	5	6
7	8	9	10	11	12	13
14	15	16	17	18	19	20
21	22	23	24	25	26	27
28	29	30				

NOVEMBER

BILBO simply could not think of any question with that nasty wet cold thing sitting next to him, and pawing and poking him. He scratched himself, he pinched himself; still he could not think of anything.

NOVEMBER

Sunday 7	Monday 8	Tuesday 9

NOVEMBER 1999

S	M	T	W	T	F	S
	1	2	3	4	5	6
7	8	9	10	11	12	13
14	15	16	17	18	19	20
21	22	23	24	25	26	27
28	29	30				

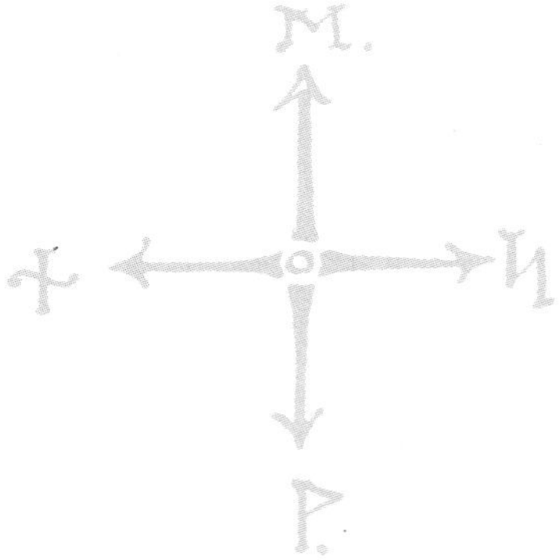

Wednesday 10

Thursday 11

The Two Towers was first published on 11th November 1954

Veterans' Day (US)

Remembrance Day (UK & Commonwealth)

Friday 12

Saturday 13

NOVEMBER 1999

S	M	T	W	T	F	S
	1	2	3	4	5	6
7	8	9	10	11	12	13
14	15	16	17	18	19	20
21	22	23	24	25	26	27
28	29	30				

NOVEMBER

Sunday 14	Monday 15	Tuesday 16	Wednesday 17

NOVEMBER 1999

S	M	T	W	T	F	S
	1	2	3	4	5	6
7	8	9	10	11	12	13
14	15	16	17	18	19	20
21	22	23	24	25	26	27
28	29	30				

NOVEMBER

Thursday 18

Friday 19

Saturday 20

NOVEMBER 1999

S	M	T	W	T	F	S
	1	2	3	4	5	6
7	8	9	10	11	12	13
14	15	16	17	18	19	20
21	22	23	24	25	26	27
28	29	30				

NOVEMBER

Sunday 21	Monday 22	Tuesday 23

NOVEMBER 1999

S	M	T	W	T	F	S
	1	2	3	4	5	6
7	8	9	10	11	12	13
14	15	16	17	18	19	20
21	22	23	24	25	26	27
28	29	30				

NOVEMBER

Wednesday 24

Thursday 25

Thanksgiving (US)

Friday 26

Saturday 27

NOVEMBER 1999

S	M	T	W	T	F	S
	1	2	3	4	5	6
7	8	9	10	11	12	13
14	15	16	17	18	19	20
21	22	23	24	25	26	27
28	29	30				

NOVEMBER

Sunday 28

Monday 29

On 29th November 1971 Edith Tolkien died, at the age of 82

Tuesday 30

Wednesday 1

NOVEMBER 1999

S	M	T	W	T	F	S
	1	2	3	4	5	6
7	8	9	10	11	12	13
14	15	16	17	18	19	20
21	22	23	24	25	26	27
28	29	30				

December

Thursday 2

Friday 3

Saturday 4

First Day of Hanukkah

December 1999

S	M	T	W	T	F	S
			1	2	3	4
5	6	7	8	9	10	11
12	13	14	15	16	17	18
19	20	21	22	23	24	25
26	27	28	29	30	31	

DECEMBER

SOON DWALIN lay by Balin, and Fili and Kili together, and Dori and Nori and Ori all in a heap, and Oin and Gloin and Bifur and Bofur and Bombur piled uncomfortably near the fire.

"That'll teach 'em," said Tom; for Bifur and Bombur had given a lot of trouble, and fought like mad, as dwarves will when cornered.

December

Sunday 5	Monday 6	Tuesday 7

December 1999

S	M	T	W	T	F	S
			1	2	3	4
5	6	7	8	9	10	11
12	13	14	15	16	17	18
19	20	21	22	23	24	25
26	27	28	29	30	31	

Wednesday 8

Thursday 9
First Day of Ramadan

Friday 10

Saturday 11
Last Day of Hanukkah

December 1999

S	M	T	W	T	F	S
			1	2	3	4
5	6	7	8	9	10	11
12	13	14	15	16	17	18
19	20	21	22	23	24	25
26	27	28	29	30	31	

December

Sunday 12	Monday 13	Tuesday 14	Wednesday 15

December 1999

S	M	T	W	T	F	S
			1	2	3	4
5	6	7	8	9	10	11
12	13	14	15	16	17	18
19	20	21	22	23	24	25
26	27	28	29	30	31	

December

Thursday 16

Friday 17

Saturday 18

December 1999

S	M	T	W	T	F	S
			1	2	3	4
5	6	7	8	9	10	11
12	13	14	15	16	17	18
19	20	21	22	23	24	25
26	27	28	29	30	31	

December

Sunday 19	Monday 20	Tuesday 21

December 1999

S	M	T	W	T	F	S
			1	2	3	4
5	6	7	8	9	10	11
12	13	14	15	16	17	18
19	20	21	22	23	24	25
26	27	28	29	30	31	

December

Wednesday 22

Thursday 23

Friday 24

Saturday 25

Christmas Day
Observed Monday 27th

December 1999

S	M	T	W	T	F	S
			1	2	3	4
5	6	7	8	9	10	11
12	13	14	15	16	17	18
19	20	21	22	23	24	25
26	27	28	29	30	31	

December

Sunday 26	Monday 27	Tuesday 28	Wednesday 29
Boxing Day (UK & Commonwealth) St Stephen's Day (Rep. of Ireland) Both observed Tuesday 28th			

December 1999

S	M	T	W	T	F	S
			1	2	3	4
5	6	7	8	9	10	11
12	13	14	15	16	17	18
19	20	21	22	23	24	25
26	27	28	29	30	31	

Thursday 30

Friday 31

Millennium Holiday (UK)

Saturday 1

New Year's Day

JANUARY 2000

S	M	T	W	T	F	S
						1
2	3	4	5	6	7	8
9	10	11	12	13	14	15
16	17	18	19	20	21	22
23	24	25	26	27	28	29
30	31					

NOTES